HAPPY FEET™

EL PINGÜINO

Conoce a los Pingüinos de Adelia

GRUPO
EDITORIAL
norma

Bogotá, Barcelona, Buenos Aires, Caracas, Guatemala, Lima, México, Miami, Panamá,
Quito, San José, San Juan, San Salvador, Santiago de Chile, Santo Domingo

Edición: Adriana Martínez-Villalba
Traducción: Julián Martínez-Villalba
Diseño y diagramación: Wilson Giral Tibaquirá

HAPPY FEET
EL PINGÜINO

Conoce a los Pingüinos de Adelia

Por Acton Figueroa y Baxter Franklin

GRUPO EDITORIAL norma

Bienvenido a la Tierra de Adelia, donde los pingüinos están de fiesta desde la madrugada hasta el anochecer. Mumble es un pingüino Emperador que nunca había estado lejos de casa, hasta que un día, por accidente, llegó a la Tierra de Adelia. Mumble es muy diferente de los pingüinos Adelies, pero eso parece no importarles a ellos.

Oye grandulón, ¿quieres unirte a la fiesta?

¡Vaya!

Oigo que la gente pide algo...
¡Llaman a Ramón!

Este es **RAMÓN**, un Adelie con mucha actitud. Ramón cree que es el **jefe** de los **Amigos**. También se cree el más listo, el más **gracioso**, y el más guapo. Se considera a sí mismo **muy rudo**, pero no engaña a nadie. Todos los Amigos saben que en el fondo tiene un **corazón gigante**.

Tengo todo el **carisma** pingüinamente posible.

¡LOS Amigos son muy **extremos!**

Conoce a **RAÚL**. Él se hace **Amigo** de todos los pingüinos que conoce.

¡MUMBLE, eres tan extremo que eres Peligroso, Chico! **¡AUCH!**

Somos tan geniales, ¡que **todos nos admiran**!

Y no te olvides de

REINALDO.

Los amigos no serían **Amigos** sin él.

¡El grandulón tiene la chispa!

Los pingüinos de **Adelia** están desesperados buscando guijarros. El que más tenga, puede construir el mejor nido y así es que se impresiona a las chicas.

Pero Ramón piensa que puede impresionar a las chicas siendo muy **relajado**. Sobre todo ahora, que Mumble les ha enseñado sus pasos de baile.

Ningún pingüino sabe quedarse quieto en la Tierra **de Adelia**. Como dice Ramón: ¿Por qué estar quieto cuando puedes bailar el mambo? Mumble nunca había bailado el mambo antes, pero como es un increíble bailarín, los Amigos lo llevan al frente a que dirija la **línea de conga**.

¡Un guijarro Por Pregunta!

En el fondo del océano, Mumble y los Amigos observan algo extraño. Mumble tiene muchas preguntas. Los Amigos saben qué hacer en estos casos y lo llevan a ver a **Lovelace**, un pingüino **saltarocas** que se hace llamar "Gooroo". **Lovelace** dice que puede responder cualquier pregunta, pero antes, Mumble deberá pagar un **guijarro**.

Pero Lovelace no tiene las respuestas que Mumble está buscando. Cuando los Amigos intentan subirle el ánimo, se enteran de que los pingüinos Emperador no les dan guijarros a sus chicas, ¡ellos cantan! Todos los pingüinos Emperador pueden cantar... a excepción de Mumble.

Cuando Mumble regresa a la Tierra del pingüino Emperador con los Amigos, las cosas no suceden como estaban planeadas. Mumble tiene una **misión**, debe averiguar qué les sucedió a los peces. Va a ser un viaje **difícil**, pero los Amigos no lo dejarán ir solo.

Cuando la situación empeora, Mumble decide continuar con el viaje y dejar atrás a sus Amigos. No quiere que corran **peligro** y continúa con la travesía por sí solo. Una vez llega a la Tierra del pingüino Emperador, los **Amigos** están ansiosos de recibirlo de regreso.

Lo mejor de ser uno de los Amigos, ¡es saber que tus compañeros siempre estarán listos para la próxima **aventura**!